AF361008

Les OISEAUX

DU SACRE

PAR Mme AMABLE TASTU.

PARIS

IMPRIMERIE DE J. TASTU,
RUE DE VAUGIRARD, N. 36.

1825

Les
OISEAUX
DU SACRE.

IMPRIMERIE DE J. TASTU,

RUE DE VAUGIRARD, N° 36.

Les

OISEAUX

DU SACRE

par

Mme AMABLE TASTU.

1825

*

. . . . . . Les oiseleurs lâchent dans l'église plusieurs
centaines de moineaux et de colombes qui voltigent au-
tour du trône, des lustres et des tribunes.....

Le Drapeau Blanc, du 31 mai 1825, en rapportant
cette circonstance ajoute : On a remarqué que la plupart
de ces oiseaux sont venus se brûler à la flamme des lustres
et des candelabres. . . . . .

Les OISEAUX

Du Sacre.

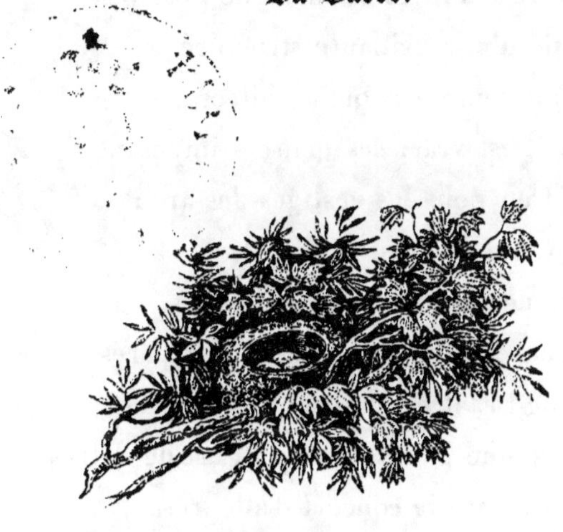

Vieux temple, antique honneur de la cité royale,
Où Clovis inclina sa tête martiale,
Et sentit, sous la main du pontife sacré,
L'onde sainte mouiller son front régénéré,
N'as-tu pas vu, du sein de ta froide poussière,
Des siècles endormis se lever l'ombre altière ?
Pour toi les temps passés vont-ils renaître encor ?
Oui ; ta nef resplendit de feux, d'azur et d'or :

La foule se pressant sous tes muets portiques,
Y réveille l'écho des saintes basiliques ;
Et, fière, avec transport tu ressaisis ces droits
D'entendre et de bénir les sermens de nos rois.
D'un temple simulé la brillante structure,
Déguisant à nos yeux ta noble architecture,
Nous dérobe, il est vrai, ces pensers imposans
Que réveillent en nous les vestiges des ans ;
Mais de la royauté le faste s'y déploie.
Signes accoutumés de la publique joie,
Le fer luit, l'encens fume, et des autels parés
Les Puissans de l'État encombrent les degrés.
Pourquoi lorsqu'une plainte, un seul cri de détresse
Peut attrister soudain le concert d'allégresse,
Pourquoi des prisonniers ?... Sous ces légers barreaux
S'agitent tristement de timides oiseaux ;
Ils s'efforcent à fuir d'une aile effarouchée
Cette pompe des rois qu'ils n'avaient point cherchée.
Pauvres petits captifs ! privés d'un bien si doux,
   La liberté, que toute voix réclame,
   De vos tyrans ne soyez point jaloux ;
     Chacun d'eux l'appelle en son ame,
Et des nobles acteurs de cet auguste drame
     Aucun n'est plus heureux que vous !

Nul d'un libre loisir ne peut goûter les charmes :
L'immobile soldat est captif sous les armes ;
Son chef, le fer en main, brillant d'or et d'acier,
A l'ordre qu'il transmet doit plier le premier ;
Les spectateurs pressés dans cette vaste enceinte
S'imposent le fardeau d'une longue contrainte ;
Soumis au même joug, le pontife à l'autel,
Cède aux liens dorés d'un devoir solennel.

    Sous les réseaux du privilége,
Voyez ces fiers prélats qu'enchaîne sur leur siége
L'honneur de consacrer les suprèmes sermens ;
De leur pieux office allongeant les momens,

      Le blême ennui qui les assiége
      Au milieu d'eux se glisse et siége
      Sous les mitres de diamans.

Ennui ! triste ennemi qu'aucun mortel n'évite,
Je ne vois que des yeux où ta langueur habite ;
Du prêtre à l'assistant tout ressent ton pouvoir,
Jusqu'au bras engourdi de ce jeune acolyte
      Qui laisse échapper l'encensoir.

Déjà les Douze Pairs, qu'en vain la blanche hermine
     Revêt d'un éclat féodal,
Succombent à leur tour à ce charme fatal ;
Leur front s'appesantit, leur épaule s'incline
Sous le bandeau de comte ou le manteau ducal.
Des insignes royaux, doublant le faix suprême,
     Et fidèle à la majesté,
Il effleure en passant le Monarque lui-même
     Esclave de sa dignité.
A son souffle glacé, le long des galeries,
Comme ces fleurs d'un jour dans nos salons flétries,
     Se décolore la Beauté :
     L'éclat pompeux des pierreries,
     Le poids des lourdes broderies
     Enchaînent sa légèreté ;
     Son inquiète oisiveté
     Accusant les heures tardives,
     Sur les pas de la Liberté
     Voit s'enfuir les Grâces craintives.
La Liberté ! Bientôt vous pourrez l'espérer,
Tristes oiseaux ! voyez, réduits à l'implorer,
     Tous ces volontaires esclaves,
Dont un piége flatteur ou de brillans appâts
Dans cette cage immense ont attiré les pas !

Pressés de s'affranchir ils invoquent tout bas
     L'instant qui rompra vos entraves :
Le voici!..... — Mille cris s'élèvent à la fois.
Le canon fait gronder sa formidable voix;
La cloche livre aux vents ses bruyantes volées ;
Et soudain, dans les airs, les cohortes ailées
Cherchent d'un libre essor la céleste clarté :
Du bonheur des oiseaux elle est l'avant-courrière ;
     C'est pour trouver la liberté,
     Qu'ils s'élancent vers la lumière.
Mais des vitraux sacrés le jour mystérieux
Déguise ce vrai jour que réclamaient leurs yeux ;
Mais les mille clartés de ces fêtes pompeuses
Abusent leurs regards par des lueurs trompeuses ;
La vapeur de l'encens, les chants religieux,
Le bruit confus du peuple enfermé dans ces lieux,
Les vifs reflets de l'or, tout accroît leur vertige :
Déjà le faible essaim en tournoyant voltige ;
Égarés, éblouis aux flambeaux de l'autel,
Ils cèdent par degrés à cet éclat mortel.....
Imprudens!..... C'en est fait, leur aile est consumée!
Ils tombent sur les fleurs dont la terre est semée,
Et leur corps palpitant, tout près de s'assoupir,
Aux joyeuses clameurs mêle un dernier soupir!....

— Mais qu'importe un soupir? sans l'entendre, la foule
Sous l'antique portail à flots bruyans s'écoule.....
Moi seule je demeure, et consacre tout bas
Les sons d'un luth obscur à cet obscur trépas.

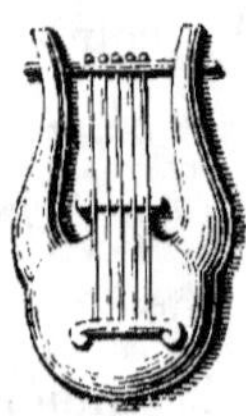

Dormez, dormez, frêles victimes
Des royales solennités.
Tandis que ces chœurs unanimes,
Écho des hautes vanités,
S'élancent des harpes sublimes,
Ma lyre veille à vos côtés.

Innocens Passereaux, et vous blanches Colombes,
L'universelle joie, hélas! creuse vos tombes.

Faut-il qu'un deuil se mêle aux plaisirs des mortels!
N'ont-ils point prodigué dans leur fête chérie
Le luxe et ses trésors, les arts et leur féerie
    Et la pompe de nos autels?
Pourquoi donc à leurs jeux les immoler encore
Ces chantres des bosquets, charme de nos loisirs,
Qu'un souffle du Seigneur dans les airs fit éclore
    Pour l'honorer par leurs plaisirs?

Pourquoi les retenir sous la voûte gothique?
Leurs cris retentissant de portique en portique
Devaient-ils réveiller l'écho religieux?
Que ne leur rendiez-vous de leurs forêts natives
Les cintres verdoyans, les mouvantes ogives,
    Et la voûte immense des cieux?
Ce n'est qu'au sein des airs que leur vol se balance;
Au seul écho des bois appartient leur chanson,
    Hélas! votre avare clémence
    N'a fait qu'agrandir leur prison!

Eh ! qu'aviez-vous besoin de peupler vos églises
Des emblèmes vivans de ces vieilles franchises
Qu'au jour du nouveau règne imploraient vos aïeux ?
Quand les temps sont changés, qu'importe à ma patrie
De ces mœurs d'autrefois la vaine allégorie ?
      Elle a des biens plus précieux,
Et la Vérité seule est aimable à ses yeux !
Vous que scellent encor les vengeances royales,
Levez-vous, lourds barreaux, tombez, grilles fatales,
      Qu'un pardon descende sur vous :
Si de la Liberté nous invoquons l'image,
Les cachots dépeuplés lui rendront un hommage
      Digne d'elle et digne de nous !.....

Mais d'où naît ton audace, ô toi lyre timide ?
Pourquoi t'abandonner à son élan rapide ?

Tu l'élèves, semblable à cet enfant des mers,
Qui d'un vol merveilleux tout-à-coup fend les airs ;
Dans la plaine éthérée, à sa race étrangère,
Il déploie un moment sa force passagère ;
Mais du souple tissu qui soutient ses efforts
Si le jour a séché les humides ressorts,
Du transfuge des eaux alors la chute est prompte,
Et l'élément natal ensevelit sa honte.
Pourquoi veux-tu braver le sort qui t'est promis ?
Lyre, reviens aux chants qui seuls te sont permis.....

Dormez, dormez, frêles victimes
Des royales solennités ;
Vous, qui des bois touffus abandonnant les cimes
Vîntes mourir dans nos cités,
Tandis qu'en vos abris quelques œufs près d'éclore,
Sans chaleur reposent encore
Au nid que vous avez quitté !

Voix du printemps fleuri, que pleure le bocage,
  Du moins en perdant la clarté
Cessez de redouter les réseaux ou la cage ;
Vous rencontrez la mort en fuyant l'esclavage.....
  Mais la mort c'est la liberté !